볼트와 킬

Bolt AND Keel

볼트와 킬

Bolt AND Keel

구조된 길고양이의 위대한 모험

케일린 벤더리·대니얼 검블리

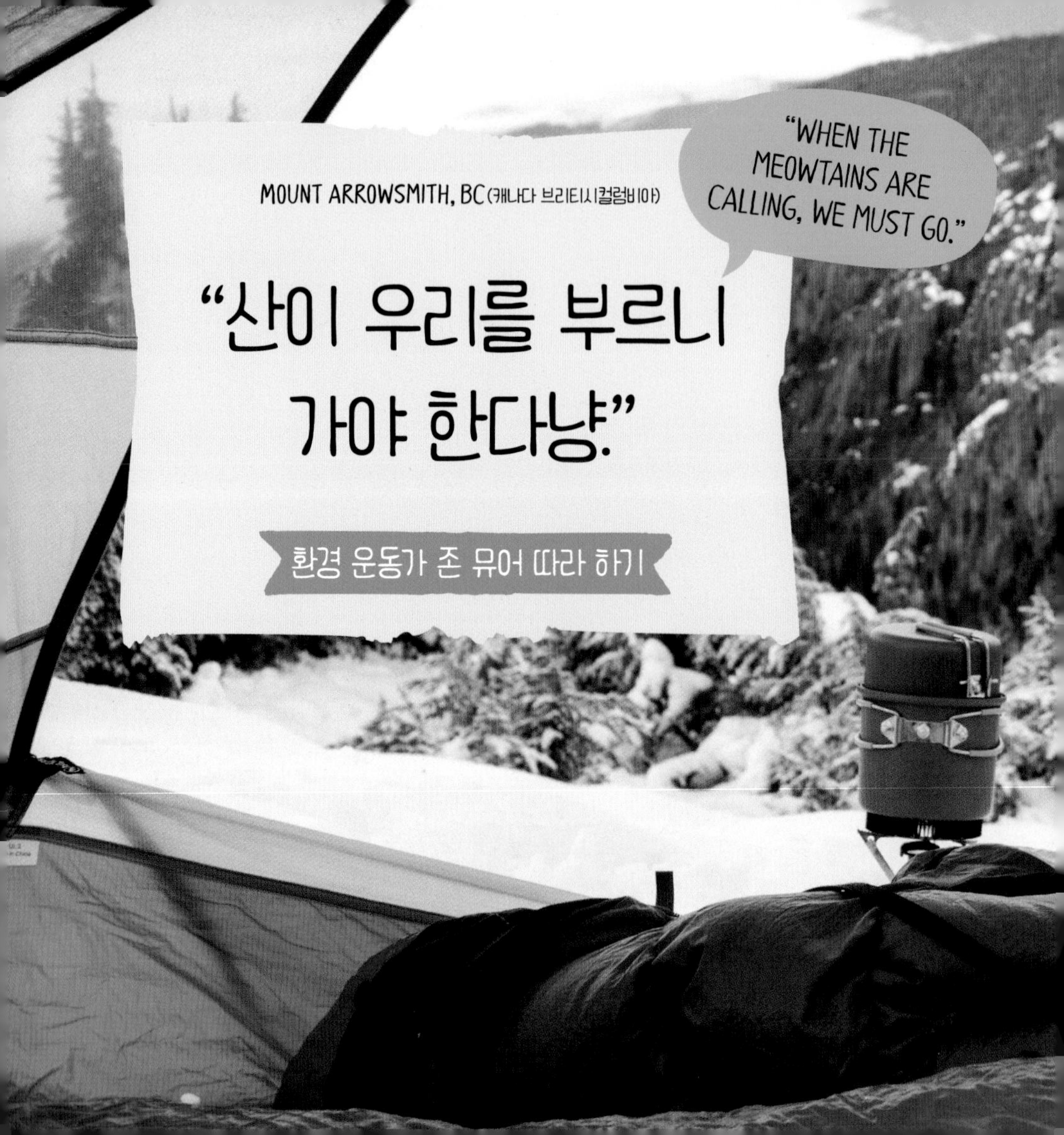
MOUNT ARROWSMITH, BC(캐나다 브리티시컬럼비아)
"WHEN THE MEOWTAINS ARE CALLING, WE MUST GO."
"산이 우리를 부르니 가야 한다냥."
환경 운동가 존 뮤어 따라 하기

시작하며

캠프 리더로 일하던 어느 여름, 우리는 캠핑장 근처 공원의 쓰레기통 뒤에서 새끼 고양이 두 마리를 발견했다. 캠프에 참가한 스무 명의 아이들이 간절한 눈빛으로 우리를 쳐다보았고 조그마한 두 새끼 고양이는 집이 필요했다. 우리는 바로 다음 날 캐나다 밴쿠버 아일랜드의 산악 지역으로 며칠간 하이킹을 떠날 계획이었기 때문에 일을 마친 후 고양이를 맡기려고 보호소로 갔다. 하지만 보호소는 이미 문이 닫힌 뒤였다. 결국 볼트와 킬은 태어난 지 한 달도 안 되어 생애 첫 번째 모험을 떠나게 됐다. 잠시 카누를 타고 이동한 후 볼트와 킬을 우리가 입은 자켓 틈에 넣어서 안고

MARBLE MEADOWS, BC, 생후 1개월 된 볼트와 킬

구불구불한 코스를 걸어 올라갔다. 호기심이 발동했는지 둘은 겁도 없이 자신들을 감싸고 있던 옷을 헤치고 뛰어내렸다.
볼트와 킬에게 작은 목줄을 달아 주었기 때문에 그들은 우리 곁에서 이 대장정을 함께하였다. 우리는 곧 볼트와 킬이 우리 모험의 동반자가 되면 좋겠다는 생각에 이르렀다. 일요일 저녁, 볼트와 킬을 보호소에 데려가지 않기로 결정했다.

두어 달 후, 볼트와 킬의 장난끼 넘치는 모습을 담은 사진을 SNS에 올렸다. 하룻밤 사이에 볼트와 킬의 이야기가 퍼져 나가게 되었고, 팔로워가 꾸준히 늘어났다. 볼트와 킬은 강렬한 개성과 용감무쌍한 모험심으로 '어드벤처 캣츠(Adventure Cats)' 운동을 주도하며 집고양이에 대한 편견을 깨뜨리고 있다.

볼트와 킬은 주기적으로 우리의 배낭여행, 카누, 카약, 하이킹에 동행한다. 그들의 모험은 밴쿠버 아일랜드, 브리티시컬럼비아, 그리고 워싱턴주까지 이어졌다. 볼트와 킬이 점점 대범해지고 모험이 흥미진진해지면서 우리는 볼트와 킬에게 모험에 적합한 장비를 갖춰 주기로 했다. 항상 목줄을 채우고 구명조끼는 물론이고 비 오는 날에는 스웨터와 재킷도 입힌다. 하지만 고양이를 데리고 자연으로 떠날 때 가장 염두에 두어야 할 점은 고양이의 보디랭귀지를 이해하고 필요를 충족시켜 주는 일이다. 다른 고양이와 마찬가지로, 볼트와 킬도 감정 기복이 있다. 기분이 따라 주지 않거나 날씨가 악천후로 급변할 때는 어렵기도 하지만 고양이의 속도에 맞춰 하이킹하는 것만큼 당신의 관점을 새롭게 하고 코스를 색다른 방식으로 즐기게 할 멋진 경험은 없을 것이다.

케일린과 대니얼(Kayleen and Danielle)

Mount Manuel Quimper, BC

이제 볼트와 킬은 웨스트 코스트의
궂은 날씨에도 아랑곳하지 않는다.
내리는 비도 새끼 고양이들의
생애 첫 산행을 막지 못했다.
그들은 정상을 찍는 것만이
다가 아님을 배웠다.

Mount Manuel Quimper, BC

…그저 우리 앞에

펼쳐진 길을

즐기면 되는 것이다.

Mount Manuel Quimper, BC

차 문이 열리기가 무섭게

모험을 떠날 태세인

볼트와 킬.

Victoria, BC

“DON’T WORRY BRO, I’VE GOT YOU.”

“걱정 말게 친구, 내가 지켜 줄게.”

볼트

Victoria, BC

완벽한 '깔맞춤' 우의.

#우정그램

Salish Sea, BC

고양이들은 보통 물을 무서워한다.

하지만 볼트와 킬은 한 번도

'보통'인 적이 없었다.

화창한 날씨 속에 볼트와 킬의

첫 카약 여행은 성공적!

nautilus

Salish Sea, BC

Salish Sea, BC

“I may be furrocious, but I’m not a tiger.”

“제가 좀 흉포하긴 해도 호랑이는 아닙니다냥.”

볼트, 라이프 오브 파이

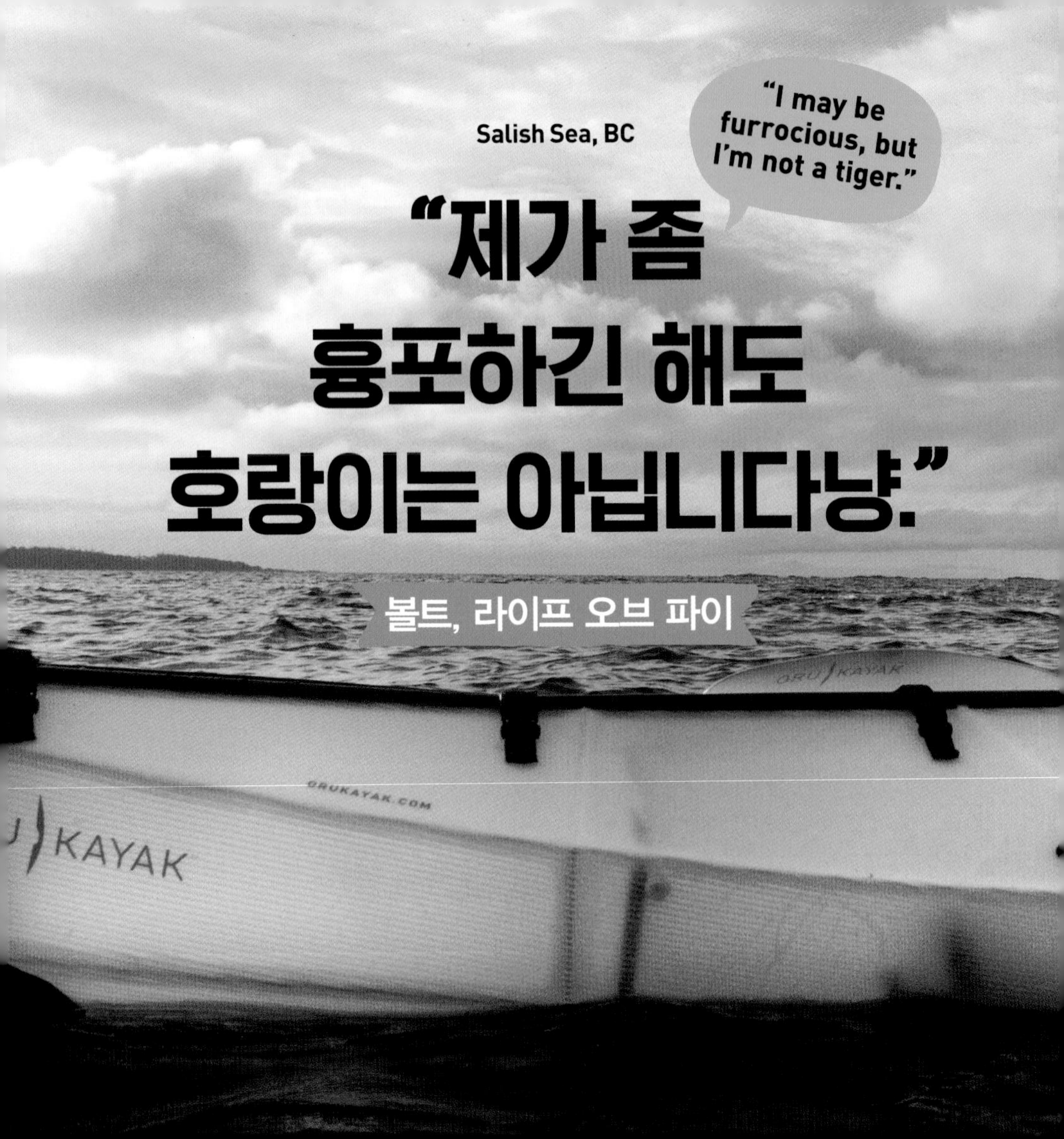

Sunshine Coast, BC

볼트와 킬은 나흘간

브리티시컬럼비아의

선샤인 코스트로 하이킹과

카누 여행을 다녀왔다.

그들이 지금까지 경험한 적 없는

거대한 모험이었다.

Sunshine Coast Trail, BC

선샤인 코스트의

트레킹 코스는 약 160km에 이른다.

볼트와 킬은 우리와 함께

일부 코스를 완주했으며

그중 약 9.6km는 네 발로

직접 걸었다.

Sunshine Coast Trail, BC

재밌는 사실 :

먹이를 받아먹는 고양이=행복한 고양이

Inland Lake, BC

"수염을 스치는 바람.
따스하게 털을 감싸는 햇살.
인간들이 '카누'라고 부르는
녀석에게 익숙해질 것 같아."

볼트

Inland Lake, BC

햇살, 카누, 그리고
마음이 통하는 친구.
이걸로 충분하다.

Inland Lake, BC

볼트와 킬과 함께 떠난 모험에서
삶의 속도를 늦추고 스쳐 지나가는
순간순간을 즐겨야 함을 깨달았다.

Inland Lake, BC

"YOU'VE GOT TO BE KITTEN ME . . . WE'RE LOST AGAIN?"

"설마, 우리 또 길 잃은 거야옹?"

킬

Inland Lake, BC

제2의 콜럼버스가 나타났다!

Inland Lake, BC

CLIPPER

Inland Lake, BC

낮잠 잘 시간은

언제나 따로 떼어 두지.

MOUNT WASHINGTON, BC

눈이 오면 볼트와 킬은 산으로 향한다. 둘이 가장 좋아하는 코스를 따라 올라가면 눈 속에 숨은 작은 오두막이 나타난다.

MOUNT WASHINGTON, BC

네 개의 자그마한 발을 따라가면

오두막에 다다른다.

“이것은 인간에게는 작은 걸음이지만 고양이에게는 커다란 도약이다.”

킬, 닐 암스트롱 따라 하기

MOUNT WASHINGTON, BC

모험을 즐기는 고양이에게도

휴식이 필요하다.

Strathcona Provincial Park, BC

"누가 여기 침낭으로 아침밥 좀 가져다줄래요?"

킬

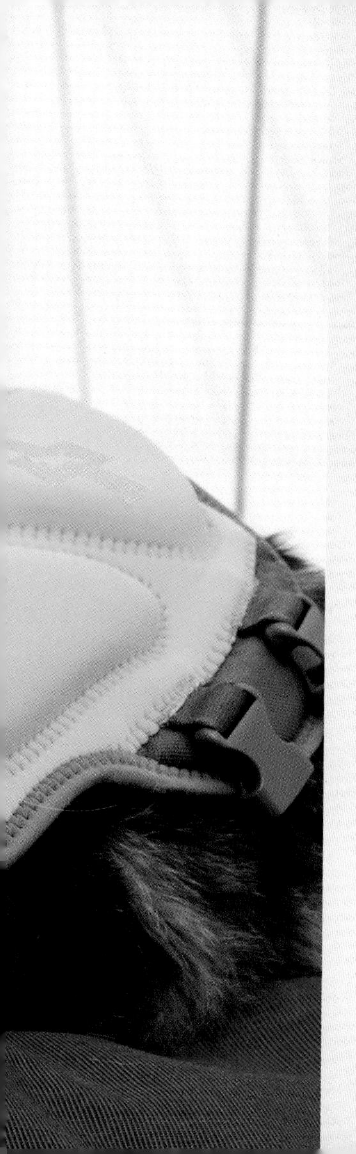

구명조끼를 입은
볼트와 킬은 바람을 가르며
밴쿠버 아일랜드의
내륙 루트를 통과했다.
이렇게 시작된 둘의 생애
첫 항해는 앞으로 떠나게 될
수많은 항해의 시초였다.

Sidney, BC

다리가 네 개면 갑판 위에서
중심을 잡기 훨씬 쉽다.

Sidney, BC

"WALK THE PLANK,
YE OL' DOG."

"어이 개, 바다로 뛰어내려라냥."

볼트 선장

alcott

Victoria, BC

새 텐트를 사수하기 위해

볼트와 킬은 새로운 규칙을 정한다.

: 개 출입 금지

Powell River, BC

재밌는 사실:

#행복한캠핑냥이를 위한 오리털 침낭

Avatar Grove, BC

볼트와 킬은
브리티시컬럼비아의 울창한
숲을 헤치고 캐나다에서
가장 아름다운 나무를
찾아 나선다.

Victoria, BC

스스로 대견하다고 생각하는 중.

VICTORIA, BC

"오늘은 화창할 거라고 말했잖아!"

킬

Matheson Lake, BC

대모험을 떠날 수 없을 때면,
볼트와 킬은 당일치기로라도
근처 호수에서 카누를 타며
시간을 보낸다.

Matheson Lake, BC

돌아갈 길이 없음을

깨달았을 때의 표정.

Matheson Lake, BC

볼트가 물로 뛰어들기 2초 전…….

Matheson Lake, BC

…2초 후.

MOUNT ARROWSMITH, BC

어느 서늘한 가을날,

볼트와 킬은 새로운 루트에

도전했다. 날씨가 평소보다 추워

산길을 올라가는 동안 둘은

배낭에 쏙 들어가 있었다.

MOUNT ARROWSMITH, BC

멋진 경치는 친구와 함께

감상해야 제맛이지.

MOUNT ARROWSMITH, BC

휴지를 차에 두고 온 것을

깨달았을 때 표정.

MOUNT ARROWSMITH, BC

재밌는 사실: 인간은 꽤 쓸 만한 셰르파다.

#아직멀었어?

Kludahk Trail, BC

눈 속 하이킹의 묘미는

겨울 산속 오두막에서

위안을 찾는 것이다.

KLUDAHK TRAIL, BC
"WHAT DO YOU MEAN WE HAVE TO LEAVE RIGHT MEOW?"
"지금 출발하자니 그게 무슨 말이냐?"
킬

Kludahk Trail, BC

재밌는 사실: 털이 복슬복슬한 고양이를
안고 있으면 훌륭한 머플러가 따로 없다.

BELLINGHAM, WA (미국 워싱턴)

긴 주말이 찾아왔다는 건
미국 쪽으로 여행을 갈 수 있는
절호의 기회라는 것.
볼트와 킬은 국경을 넘어
새로운 세계로 모험을 떠났다.

BELLINGHAM, WA

눈보라를 맞서기 전에

벨링햄의 무성한 수풀과 폭포를

탐험하는 잠깐의 휴식 시간.

볼트가 잠시 초록 수풀과

촉촉한 공기를 즐기고 있다.

GLACIER, WA

‘어드벤처 캣츠’가 된다는 건

새로운 교통수단에

열린 마음을 갖고 있다는 것.

볼트와 킬이 터보건을 타고 있다!

볼트가 가르쳐 준 지혜 :
친구가 태워 준다고 하면,
사양하지 말고 그냥 타라.

GLACIER, WA

사흘간 전기가 나가고 폭설이 쏟아지자

볼트와 킬은 '스노우캣'이 되었다.

CLIPPER

Buttle Lake, BC
가슴 설레는 모험이
기다린다면 새벽 기상과
장거리 운전도
OK!

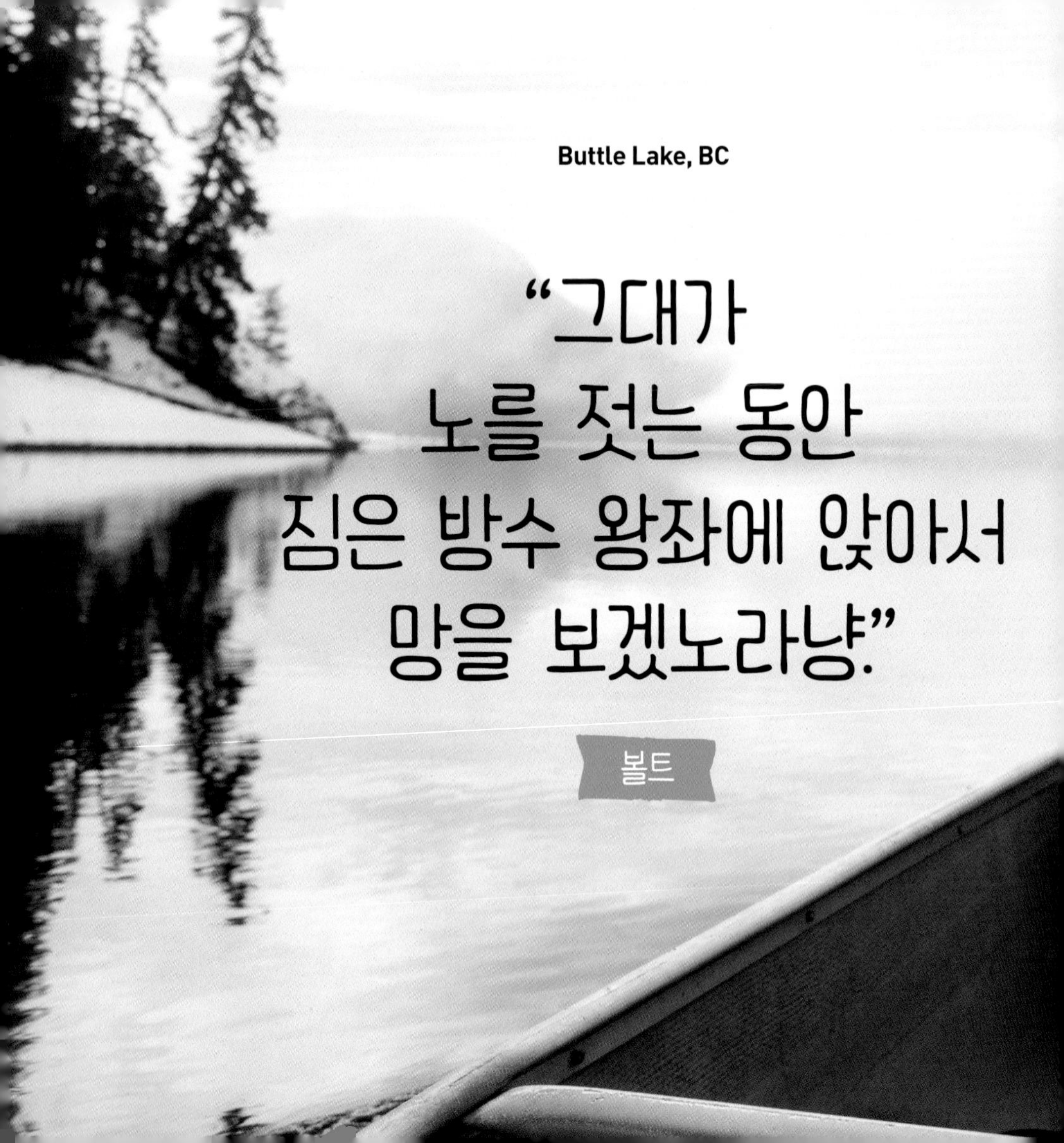
Buttle Lake, BC
“그대가
노를 젓는 동안
짐은 방수 왕좌에 앉아서
망을 보겠노라냥.”
볼트

Buttle Lake, BC

삶이 그대에게 고양이용 변기통을 준다면…,

감사히 가져가라.

Buttle Lake, BC

'어드벤처 캣츠'가
된다는 건 어떤 상황에도
뒤를 돌아보지 않는 것!
#변명금지

Comox, BC

하나씩, 하나씩.

우린 틀을 깨뜨리는 모험에 도전했고,

앞으로도 그럴 거야!

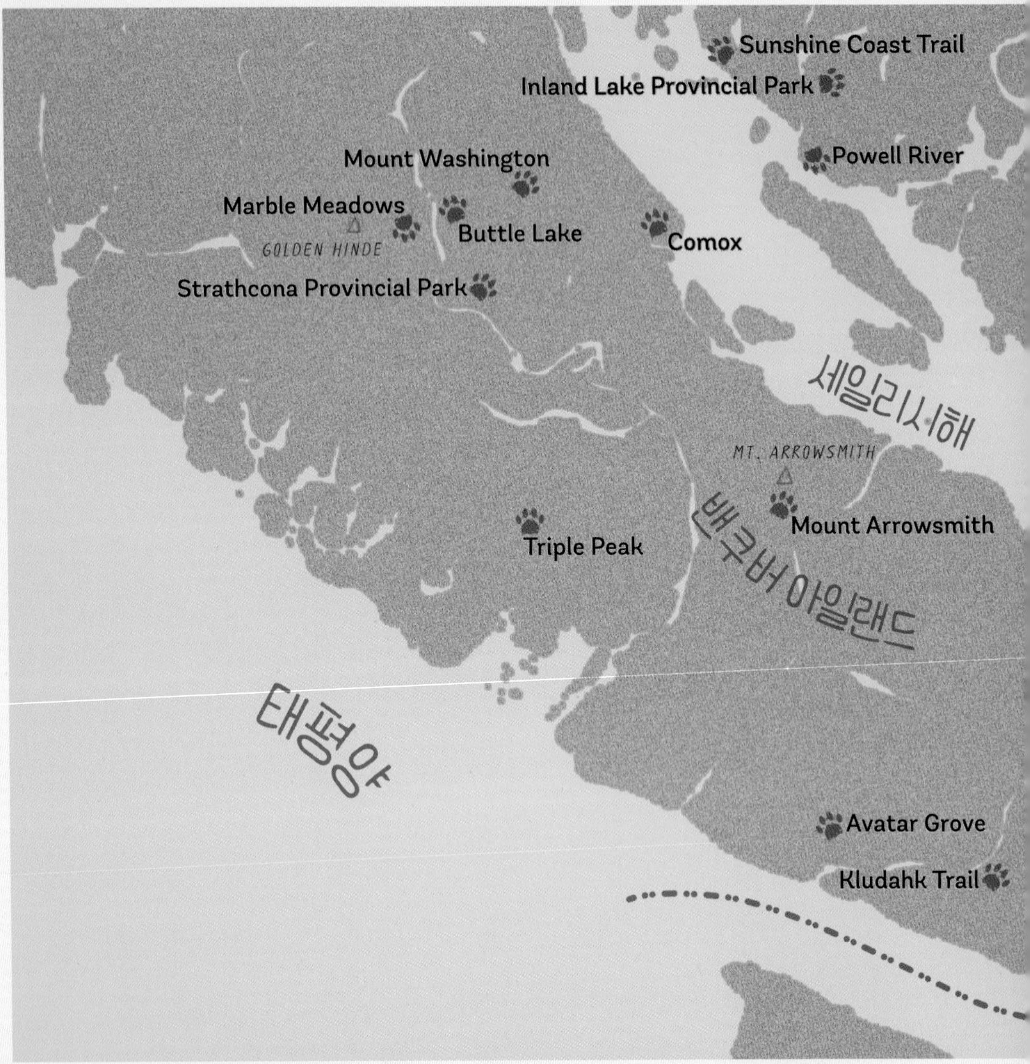

Sunshine Coast Trail
Inland Lake Provincial Park
Powell River
Mount Washington
Marble Meadows
Buttle Lake
Comox
GOLDEN HINDE
Strathcona Provincial Park
세일리시해
MT. ARROWSMITH
Mount Arrowsmith
Triple Peak
밴쿠버 아일랜드
태평양
Avatar Grove
Kludahk Trail

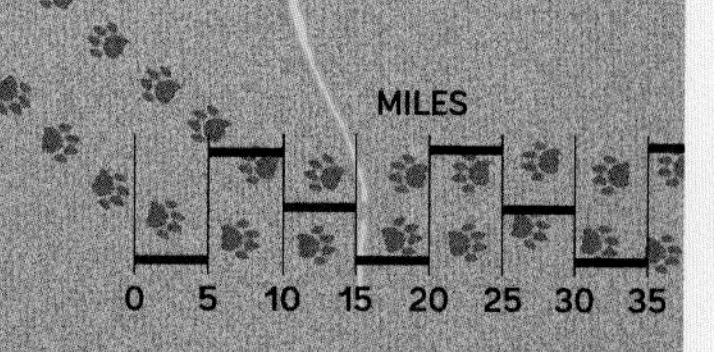

브리티시컬럼비아

MT. ROBIE REID

Vancouver

FRASER RIVER

캐나다

미국

Glacier

MT. BAKER

Bellingham

Sidney

Victoria

Salish Sea

Mount Manuel Quimper

Matheson Lake Regional Park

워싱턴주

Triple Peak Mountain, BC

고양이 사진 촬영 간단 팁:

1. 고속 셔터를 사용하면 움직임도 포착할 수 있다.

2. 고양이 눈높이에 맞추라.
   –고양이의 관점에서 보기

3. 연어 간식이 효과 만점!

킬과 볼트가 소개하는 저자들

"케일린은 전문 사진작가이자
미디어 매니저이고 예약 담당자다냥.
카메라 뒤에서 사진을 찍거나
우리 목줄을 잡고 있어."

킬

"대니얼은 우리 똥을 치우고
간식을 챙겨 주고 개인 셰르파 역할을 한다냥.
대니얼의 뒤통수가 여러 사진에 등장해.
그녀는 우리를 품에 꼭 안아 주지."

볼트

볼트와 킬 구조된 길고양이의 위대한 모험

지은이 케일린 벤더리·대니얼 검블리
옮긴이 박선란
찍은날 2018년 7월 30일 초판 1쇄
펴낸날 2018년 8월 8일 초판 1쇄
펴낸이 홍재철
편집 이혜원
디자인 박성영
마케팅 김성수·안소영
펴낸곳 루덴스미디어(주)
주소 경기도 고양시 일산동구 무궁화로 43-55, 604호(장항동, 성우사카르타워)
전화 031)912-4292 | 팩스 031)912-4294
등록 번호 제 396-32100002510020080000001호
등록 일자 2008년 1월 2일

ISBN 979-11-88406-42-5 02840

결함이 있는 책은 구입하신 곳에서 바꾸어 드립니다.
값은 뒤표지에 있습니다.

이 도서의 국립중앙도서관 출판시도서목록(CIP)은 e-CIP홈페이지
(http://www.nl.go.kr/ecip)에서 이용하실 수 있습니다. (CIP제어번호 : CIP2018023398)